篠田悦子句集

深夜叢書社

篠田悦子句集

こころのほ

深夜叢書社

情の帆……目次

序に代えて

金子兜太

栖み古りて武州のみどり情（こころ）の帆
夏の森一番星のため暮れる

しっかりと自分の生活を身に付け、潔癖にからっと乾いていて、誠実に真面目にやっている篠田悦子の姿が此処にある。長いこと野草に親しんでいる篠田は武州の木々の緑の暖かさ、奥行きの深さを感受して生きていると思う。

人間から植物、植物から人間へと大きく往き来する「こころ」即ち情（こころ）の動きを見る思いが普通にあり、そんな篠田の情（こころ）が、九十七歳の自分にいま、柔らかく扶けになることが多い。

ラムネ飲む常識お化け躱しながら
紅花百貫ほどの夕日が裏口に
濁流や逝く夏の木の間がくれ
鮎のぼる土着のしずけさ妹たち
会釈して御馬草(みまくさ)か匂う信濃人
平凡とは丸いおにぎり森林浴
葱焼ける野の匂いかな 懐(ふところ)
霾や地球に人が居なくても
草木瓜の花胸熱く八十路なり
人として棒立ちの汗爆心地

ざっと取り上げて見て、改めて感心している。今更ながら嬉しく思う次第である。

題字

金子兜太

カバー・表紙絵

毛利梅園

『梅園草木花譜』より

（国立国会図書館蔵）

装丁

髙林昭太

情の帆

こころのほ

篠田悦子句集

月光

昭和五十六年〜昭和六十二年

短日の犬振り向かず翳となる

葉桜や毛虫太らす街あかり

月光や野にある如き夫の匂い

窮屈な男の素顔日雷

寒厳し夫の思考の外にいて

寒釣りの立ちあがる時現身に

南部曲り屋荒地野菊と烟るなり

裏富士の夏病む父とまたたび酒

芥子の花来し方端裂のごときもの

屋台千貫酔わねば引けず冬祭

啓蟄や空巣狙いと云う奴も

野いばらの花のスクラム人嫌い

青葦原吹かれ通しにどんな夢

遠富士に古典のごとき芒原

大寒の掌を延べ合って野の起伏

蛇行して軽き倦怠春の河

春川に沿いて歩けば撫肩に

土着とも異う歳月花大根

山梨の花のうつつに昼寝村

コールタール線路に匂う麦の秋

瓜出荷してから父の野辺送り

霧を来ていま群青の登山隊

花蓼の昼の静けさよろけけり

母のいる一寒灯が拠

秋茱萸にもそろもそろに陽の届く

みどり児の知恵に加速度寒紅梅

誰を訪う老婆舞うごと紅梅に

耕して土の匂いの鬢伸ばす

少年に陽の渦残し足長蜂

四つ角を丸く曲がって熊蜂来る

子の瞠る父の逆立ち草若葉

野分

昭和六十三年〜平成三年

野分やみ運河が匂う友の新居

鰯雲葱畑に人浮標のごと

高層ビル倒れかかるも浮寝鳥

野を焼けば一望に情(こころ)育ちゆく

夏草や忌籠りのごと川流る

アイロン掛けのぬくもりに居て目白の声

遊糸とぶ湾岸道路に迷い人

胡桃のような鰐の眼の深みどり

柊咲く手暗がりなる子の思考

狐来て財無きわれら声大き

夕日抱き狐ほどには智恵湧かず

郁子の花山上に都市延びてゆく

橅若葉雨蛙まだ枯葉色

馬鈴薯の花かげ蜘蛛の子澤山

棲みつきて友に持て成す野菊の径

吾れ痩せて日向も寒し八ツ手咲く

俯瞰してまるで銭苔東京冬

扇状地の家並けだるき麦の秋

峡の冬脊骨のごとく貨車通過

峡も奥柚子の明るさ赤ん坊

重なって子豚花なり桃の花

桃の花紐ばかり縫い二度童子

桐の花和尚の頭宙（つむり）にうかぶ

駅長の帽子に拾う桐の花

さすらいの真昼泥鰌のうすけむり

鯉のぼり風の地方に吾れ痩せて

雁渡し葉っぱ嗅ぎ分け森の人

虫すだく真暗道にわたくし消ゆ

木枯やがさごそ人は常に探し

竈火

平成四年〜平成十六年

少女が編む衿巻長し未来ほど

春の匂いだ霧と一体の竈火は

岩を打つ水は饒舌雪やなぎ

田を植えて散りし村人雀色

非常口灯る就寝蛇は穴に

石を積み貨車の遊行の星月夜

初霜や障子にこもる陽の翅音

犬ふぐり嬰子のふぐり日光浴

赤ん坊にまるごと乳房麦の秋

むささびの闇うつくしく山人早寝

ななかまどまめまめしきは一茶の日記

木枯の空空空空(からからからから)忘れもの

草の花束ね雛の日杳(はる)かにも
みどり児も根みつばもいま籠の中

夜をこめてもぐらまんじゅう春川辺

森林浴に愛しき幽霊銀竜草

寒紅梅北に真っ白活火山

灯点しごろ出羽野の一軒青鬼灯

友讐うれば序文の親しさ夜の長し

冬浪はごんどうくじらの流離(さすらい)

たてがみ青く棹立ちの馬鳥帰る

姑というこそばゆきもの花ミモザ

朝顔と鍋の蜆と開きました

蜂飼は巣箱おもえり冬まつり

癒しとは祖の墓囲む片栗の花

ラムネ飲む常識お化け躱しながら

紅花百貫ほどの夕日が裏口に

早起きの老婆を照らせ蕎麦の花

なつかしいと読む懐（ふところ）や榾火匂う

熊谷草念うこころのかたちかな

春末だし山脈といふ夜の怒濤

立夏立夏と荷馬車が弾む森の中

鬱の神寄り添う迅さ花は葉に

秩父勢子径立ちはだかりし干布団

濁流や逝く夏の木の間がくれ

露けしや老婆に日昏れ炎炎とくる

花のごと雀の足透く初冬なり

完璧に自転車倒す木枯一号

静電気の塊としてかまど猫

花三椏まぬがれがたく母黄ばむ

白蛾ふと障子ふるわす別れかな

返り花天井に鼠やって来た

餅搗きや亡父居るごとく竈いぶる

隠岐にて　五句

冬の海隠岐人たちの深おもざし

後鳥羽院の冬陽いただく船の酔い

冬の隠岐日の出に向い鋭き海流

野ざらしの牧畑名垣草もみじ

冬の海流隠岐黑牛の遠まなざし

雲雀野へ九官鳥を連れて行く

大根おろし春のどか雪のよう夫に

菜の虫の糞のみどりも春来る

雪解けの日射し水湊の神も

鼻梁凍む虐と云う字の痛さほど

花三椏思いつきあっと黄ばむなり

鮎のぼる土着のしずけさ妹たち

栗の花へっついの烟り嗅ぐようだ

天金の書の水色を小鳥来る

本合海

帰燕のあとひたすら深き地蔵巻

若さ故に真夜の哄笑夏は来ぬ

玉原高原

吾妻はや武尊（ほたか）山は夏の霧込めに

雨脚の太き酸っぱさ竹煮草

虫すだく戦争つねに庶民が楯

鳴る筈なき書棚のフルート虫時雨

雑踏の裏の日常いわし焼く

野は枯れて直照り小川貫けり

いくらでも眠れる雨の返り花

本合海

真っ直ぐに刈田の匂う八向楯

石を立てれば地蔵となりぬ花きぶし

雪に昏れお地蔵さんと何だか同じ

雪んこや馬の睫毛に乗っかつて

慌てざること阿闍梨に匹敵蟇

雪はげし人買い来れば蹤いて行く

抱きしめよ夏の少年逸れ易し

ほうたるにほたるぶくろの朝かな

岩上は少年の領水澄めり

浮寝鳥鯉の寝息の上にかな

頭から目刺を食べて連帯す

花はこべ耳学問ほどおぼつかな

川不意に春の老婆のごと多弁

春の鳥廃品アートにかまける歯科医

蛇出でて昨日との境考える

ひやっこいと幼が云えり青蛙

家族のごと浅間山気になる夜寒かな

火の山や人偓促と夜更かしす

忘れ物のごときよ我ら芒原

若者といて寂しさの夜長かな

眠るとき大地に御礼草紅葉

冬籠り見た目をかしき御神体

オリオンは友の眼差し春遠からじ

風花や褒め言葉なら積らせよう

風音

平成十七年〜平成二十年

夫急逝　四句

風音を天空に残し吾れは草

夢を見て夫は柩に春の川

さむしろの花に浮かれし亡夫赦す

怒ること止めてしまって花は葉に

海に遠く海辺のひかり柿若葉

病む人に快活な音きうり漬け

蛾の鼻筋人間くさく奥秩父

蝶やかなぶん二階の高さ椎の花

非常階段つる草のよう秋の雨

皂角子や寂しい物の怪扉(と)を叩く

裏町は湯冷めのようよ冬の祭

冬紅葉根っから好きな山暮し

むかご飯貧しきむかし大家族

年齢てふ甲羅大切くすり喰

鼬走りわたしに金の尻尾残す

つばな野に兎のように坐り込む

金子皆子様　悼　四句

稲架木解かれとねりこの木よ苍胡大姉

はこべらに膝付きはこべら苍胡大姉

まんさくの風野をわたり募る悲しみ

いんげん・生姜夫人との縁思うかな

松島にて

走り梅雨湾のうねりは海猫(ごめ)そのもの

木洩れ陽のようなジーンズ夏の人

花さびた一人ぐらしのあさき眠り

おじぎ草の真昼人に会うこと無し

蟬しぐれ僧がコーヒー挽いている

本合海　三句

醬色に塗りて最上(もがみ)川よ冬近き

風の旅秋草正体なく毀れ

小鳥来る風に雨つぶ矢向楯

地(つち)を頼り水澄むおもい素朴かな

幽霊の好きそうな橋花野の上

茶の花は日昏れの匂いほろほろ

からす瓜祭だ宴だ子猿たち

牛飼の真っ白歯並び冬の泉

伊東　二句

神の留守こともあろうに旅の土砂降り

海流を聴く夜の雨藪つばき

鎧うがごと早い戸締り夜寒かな

寒林の陽だまりのよう独りの家

野の老人からだ叩いて風光る

春の河相撲取るような月が出て

夫亡くて妖怪大好き桜の夜

真夜中はさくらになっている鴉

土と暮らしぶっきらぼうは茎立です

峡晩春野菜畑の花畑

闘牛や山を見るのに眼を剝いて

梅雨の森隠れるのには暗すぎる

麦星や平凡とゆう勁さ好き

伊東にて　二句

ほうたるや行きたい方へ行くだけ

大室山頂夏霧搔っ込むお弁当

真水みな海に流れて旱雲

沢蟹と母の長生き峡あかし

夕立や魚市場ぶちまけたような

蜂の巣を覗くだけなり入道雲

逝く夏の川音は紺くるぶしに

野良猫は野の猫に徹す青胡桃

鰯雲火の傍（そば）に父いつも居た

昼の虫情熱を失いかけて

昼の虫独りの家は野末に似て

恙無く刈田となれり兄の集落

刈田原友との距離の街あかり

春潮や沖を見つめて山人われ

高野山　五句

石楠花にふかぶか参る金剛峯寺

青葉被て佛の山に吾れひたすら

新緑曼荼羅猪肉販ぐ峠茶屋

木の精を育てて む夜のほととぎす

芝刈りて僧になる子の青さかな

紫陽花の夜をおののく母惚けて

母逝きぬ未明より鳴くつくつくし

母逝きぬ十六豇豆垂れまさり

母逝けり滅をいたわる秋螢

両神荘　二句

夕ひぐらしからだ蒼々と消えのこる

誰も聴く薪割る音の森閑と

炭焼小屋の電球ですか通草の実

ざわざわわ猿の一家と通草の実

群青

平成二十一年〜平成二十三年

イチイの実紅し清貧の語翳りて

若鮎や涙ぐましき里の灯り

冬の鳥かちかち妹に静電気

村は一つに風音を聴く冬来る

冬銀河目を張りつめて蕎麦屋まで

神々の戦場ヶ原の草紅葉

ありふれた暮らしに万両背伸びせり

畦を焼く髭面好きよ田の神も

小鳥が唄い春光を梳く老母かな

二時間ほど雲に摑まり春の旅

侘助や言い足らなくて良いのです

鶯啼いて張り切る僧の単純美し

血液検査さらさら春の小川かな

諏訪にて　三句

会釈して御馬草（みまくさ）か匂う信濃人

おんばしら信濃の夏は雲まみれ

みくまりの八（やつ）ヶ岳や水木の花に雨

平凡とは丸いおにぎり森林浴

青梅や歯に衣着せぬ若さかな

朝の電車に手を吊り無言原爆忌

青胡桃何処から攻めるこの一徹

青蛙まことつるりと裸かな

眼を病めば家中まるで土用波

だんまりに似たほの暗さ白山茶花

陽が落ちて猪起きてくる山の秋

赤城山の風群青の葱畑

葱焼ける野の匂いかな懐（ふところ）

野の川の白葱の照り郷土

菜飯炊く明るさも吾れ独り分

切株に夜が積りて雪兎

青年の長考赦し下萌える

手の平は隠沼のよう囀りや

朝の陽は黒潮のごと夏の山

炎天や速達出しに行くさびしさ

人去りて夜は川鳴る秋山家

ジーンズの僧来て猫来て神渡

家郷かな足出せば猫居る炬燵

小春日や独りのままの独りの家

初寝覚怒らず転ばず地獄耳

囀りやこの只管を忘れかけて

鳴き止んで子猫にふかき夜の翳

野放しに猫が生まれて過疎という

鮎の風山の子の頬真くれない

東日本大震災　五句

大津波引きてこの世に春の赤子

悲と哀と祈りと苛立ち青き踏む

みちのくの訛春風の悲に耐えて

鳥雲に翼になれぬ腕重し

一生涯を埋めし瓦礫に春の海

断層の静けさで草青む峡

広島にて　二句

ヒロシマ夏真水にしんと生きものたち

旅人に広島は重し青葉潮

霾や地球に人が居なくても

豪快な夫の汗に服従せり

茄子の花父母を起点の四十人

老人に泰山木落葉立派なり

慧介坊や

蒲鉾のむちむち夏の赤ん坊

花魁草風のごとそそと老母起きて

曼珠沙華九十二歳の秩父の子

桐の実や寺のご母堂病まず逝きし

子育てにありしよ花野の楽しさ

花野昏れそれからとっぷり山脈も

草津白根山　二句

火の山の荒涼を焚くななかまど

たたなわる山々気高し霧氷晴

柚子は黄に癌取ることも若さかな

柿一つ金星ひとつ日短か

情(こころ)の帆

平成二十四年〜平成二十九年

その辺に死に神も居て雑煮食ぶ

お雑煮や向うの枝に昨夜の月

夕東風や竈火匂うまぼろし

手にのせて春蚕は月の光かな

草木瓜の花胸熱く八十路なり

考える葦には遠く春炬燵

春の谷鼬のそばに狸の穴

東北かの母なる海も春も嗚咽

竈とう母に似たもの春の烟り

老人は動物である鮎の風

仔猫ぽとり独り居の水の暗さに

ほうっと誰も見上げてほっと朴新樹

被曝とう荒寥に在る新樹光

ふくいくと肺活量あり樟新樹

薔薇抱いて火の玉のようお嬢さん

枇杷熟れるコロロコロコロ蛙鳴き

押し入れが好きな子である枇杷の種

我は我なり蝮草の実ぬぬぬっと

葡萄棚に夜が加わり海の深さ

思い出より今が大切落ちる鮎

こころとは器なり飯包む葉っぱ

臭木の花星宿るまでお静かに

晩夏秩父海の記憶の猪の唸り

夫たちの墓原木の実降る宴

松明の一揆の夜あり柿すだれ

ぼんやりと来て穭田に影飛行船

片脚は限界集落冬の虹

定家葛やまとことばを紡ぐかに

菜の花や雲より滴る夕陽の家

長崎にて　三句

人として棒立ちの汗爆心地

坂の生活（くらし）のくるぶし熱き青葉潮

ぽっぺんの淋しら胸に浦上首夏

日の出前ぱん屋とうふ屋蓮の花

何は無くても時間たっぷり荒布（あらめ）炊く

お日様を想像している蝸牛

鵟かも裸木の尖より視線

昼の虫しんしんと稲実る匂い

街騒まるで油絵具だ晩秋

猪が来て静かに去りぬ兄の他界

薄氷のこの明るさを信じたり

沢蟹の沢の星屑薄ごおり

馬の仔よ私の血筋かも知れぬ

祖のごとき巨石が座る畑おこし

山彦の渓の往き来や桐の花

梅雨の月赤子が泣いて華やげる

入道雲子供動物園の仲間

終の地や汗一石の蟬しぐれ

川遠の白粉花や少女たち

じわりじわり九条ぶれるな蟬時雨

天窓より猫に覗かる風邪籠り

金縷梅にきっと雪来る縁かな

初夢の続きに孫のお嫁さん

農民とは被曝の畑に種蒔きぬ

ひばり野に少年が来て喇叭吹く

風に隠れて葭刈る音の通夜念仏

逃水や武器開発と在庫一掃

白蓮に夜が残りて昼の月

木苺の花通せんぼ猪の谷

新樹光疑う余地無く地球病む

草団子友の背曲る農の山河

ひきがえる無用の用に今日が在り

少しみだら胸のところに百合花粉

子猫ほど乳房温く呆母生き

鵜の森局の便りが届き燕来る

忘れなの花を砦に齢積む

出合頭の蜂に執着夫の忌なり

耕しの僧に猿来て狗も雉子も

居るだけでいいと言われて茎立ちぬ

孫は独活の大木なりて兵に向かぬ

夜も青い土用の空や蜆汁

がんばる人がんばらない人蝉時雨

吾が旅は畦やら林穴惑い

仔馬が跳ねる紋白蝶をおんぶして

雪やなぎ飯炊き上がる平和かな

山の子は船乗り想う大でまり

知恵足らぬ日のひもじさや遠花火

夏の森一番星のため暮れる

栖み古りて武州のみどり情（こころ）の帆

あとがき

平成二十九年は八月一日に蟋蟀が鳴き出しました。例年は八月の盆が過ぎてからですので、随分早いなあと思っていましたら玄関口の白侘助の花芽も、もう脹らんでいました。五月の異常な暑さが自然界を狂わせているのでしょうか。線状降水帯と云うものの影響か各地のゲリラ豪雨もあって、地球は明らかに異常です。

土の匂いや田舎の匂いが好きな私は、野や山の自然の草花が大好きです。各地での社宅生活の時も、暇さえあれば野を歩き廻って居りました。

本当は海の見える所に住みたかったのですが、夫の故郷である熊谷に家を持つことが出来、やがて埼玉山草会の存在を知り、現在も会員ですが、ご長老たちの趣味の深さには圧倒されました。この会に入ったことで私は野の草のように有りの儘に暮らしたいと強く思うようになりました。

仲間たちとの植物探索の旅は何より楽しいものでした。自分の好きなことに仲間も得て小さな庭でも四季の野草の手入れをする日常で充分幸せでした。

金子兜太先生の俳句講座が熊谷に生まれることを知り、優柔不断の私がすぐに申し込みましたのは、いま考えても何か大きな力に導かれたとしか思えません。熊谷に住むことになって本当に幸運を戴きました。

歳時記も句会も吟行のことも知らず、一歩一歩知識を授かり、素人の私が飽きずに学んで来られましたのは、金子先生の魅力も然り乍ら、兜太選に対する信頼だったと思います。


温もればはしゃぎ寒ければ萎え芹の家　　兜太

この句のような人間臭い、気取らず飾らずのざっくばらんな暮らしの句が私は好きです。こんな領域に身を置きたいと何時も思って居ります。

もともと晩学の上に八十六歳のいまになって、句集とはと思うのですが、女学校からの七十年来の親友にさんざんお尻を叩かれて実現することになりました。改めて友情に感謝一杯です。

金子先生には深夜叢書社の齋藤愼爾氏をご紹介下さり、その上不肖の弟子に対して渾身の序文と題字を下さいました。夢のようです。

齋藤先生には大変お忙しい中、雑然とした私の句群より三六〇余句を選んで下さいました。望外の喜びです。

地元の先輩の内野さん、関口さんにも御世話を頂きました。

じっとお待ち下さいまして佳い句集にして下さった髙林さん、有難うございました。

私はこれからも好奇心を失なわず、自由で且つ時代にも触れる句を作り続けて行くつもりです。

平成二十九年　夏の日

篠田悦子

篠田悦子　しのだ・えつこ

昭和五年十月、山梨県生まれ。昭和六十三年、カトレア俳句会を経て「海程」入会。平成四年、「海程」同人。第二回海程会賞、第四十九回海程賞、第四十回海隆賞受賞。現代俳句協会会員。埼玉文芸家集団会員。

〔住所〕
〒三六〇―〇〇三六　埼玉県熊谷市桜木町二―四一

情(こころ)の帆

二〇一七年十一月十日　初版発行

著　者　篠田悦子
発行者　齋藤愼爾
発行所　深夜叢書社
郵便番号一三四—〇〇八七
東京都江戸川区清新町一—一—三四—六〇一
info@shinyasosho.com

印刷・製本　株式会社東京印書館

ISBN978-4-88032-442-5 C0092